QUERMESSE
POESIA ERÓTICA REUNIDA

SYLVIO BACK

QUERMESSE

POESIA ERÓTICA REUNIDA

PREFÁCIO
FELIPE FORTUNA

Copyright © 2013 Sylvio Back

EDITOR
José Mario Pereira

EDITORA ASSISTENTE
Christine Ajuz

REVISÃO
Miguel Barros

PRODUÇÃO
Mariângela Felix

CAPA
Adriana Moreno

ILUSTRAÇÃO DA CAPA
Desenho inédito de Géza Heller (1902-1992), arquiteto e artista plástico húngaro que em 1935 imigrou para o Brasil. Reprodução gentilmente cedida por sua filha, Sylvia Heller.

DIAGRAMAÇÃO
Arte das Letras

CIP-BRASIL CATALOGAÇÃO NA FONTE
SINDICATO NACIONAL DOS EDITORES DE LIVROS, RJ

B122q

    Back, Sylvio, 1937– Quermesse: poesia erótica reunida / Sylvio Back. – 1ª ed. – Rio de Janeiro: Topbooks, 2013.
274 p.; 23 cm.

    ISBN 978-85-7475-227-3

    1. Poesia erótica brasileira. I. Título.

13-07125   CDD: 869.91
                                                      CDU: 821.134.3(81)-1

TODOS OS DIREITOS RESERVADOS POR
Topbooks Editora e Distribuidora de Livros Ltda.
Rua Visconde de Inhaúma, 58 / gr. 203 – Centro
Rio de Janeiro – CEP: 20091-007
Telefax: (21) 2233-8718 e 2283-1039
topbooks@topbooks.com.br/www.topbooks.com.br
Estamos também no Facebook.

SUMÁRIO

SEXO, PALAVRA E LENTE – Felipe Fortuna 17

QUERMESSE

o segredo 33
purgatório 34
buscapé 35
ostra 36
un homme trés raffiné 37
putices 38
a incomensurável 39
prontuário 41
pinguelos de fé 42
mulher leitosa 43
o maneta 45
artigos definidos 46
vulvíssimas 47
pré-história 49
priápica 50
impunidade 51
tuc-tuc 52
aberto à visitação 53
buffet 54
mui tenras 55

omni sex 56
súplicas 57
efeitos especiais 58
tríduo momesco 59
com todo respeito 60
Nefertiti 61
pickpoet 62
zunzum 64
lady fisting 65
CAMERA 66
desejos no espelho 68
la vie en prose 69
a ferros 70
Maria Schneider 72
lótus 73
mamilos 74
nu de avental 75
o farpador 76
punhos de renda 77
bandeirolas 78
Nora's joys 79
parreiral 80
vampiragem 81
ósculos 82
tomos 83
rapel 84
holografia 85
humosas 86
passadiço 87
cantata 88
sommelier 90
Xanadu 91
24qps 92
arroubos 93
estilingue 94

O CADERNO ERÓTICO DE SYLVIO BACK (1986)

de olho no firmamento 99
escoteiro 100
andor vítreo.. 101
Kama Sutra 102
de quatro 103
sobressalto 104
décor e salteado 105
assíduo frequentador 106
MM... 107
siririca 108
crau! 109
decifrado 110
sex-shop... 111
em vau 112
reprise 113
de borco para o desconhecido 114
cruel abstinência 115
festa 116
69 117
religiosidade 118
volta às origens 119
lúdica liça 120
nascituro 121

A VINHA DO DESEJO (1994)

guardamento 127
poema ao acordar 128
crisma 129
serial killer... 130
canto de fodas 131
partners.. 133

arte 134
la chair est faible 136
sim 138
o autorretrato dele 140
coisa-feita 142
rente que nem pão quente 143
de cor e salteado 144
300 ânus 145
São fauno 147
glad Gladis 148
amar à náusea 150
trespassing 151
alfa 152
pomba-gira 153
países baixos 154
autópsia de um peido-rei 155
ivre vie 158
noite curitibana 159
dádiva 160

BOUDOIR (1999)

classificados 167
bucetário 168
rio do cio 169
há que ser 170
a primeira dama 171
hosana ao grelo 172
a estrela preta 173
coisailoisa 175
para jamais saber 176
oráculo 177
batiscafo 179
intradução 180

a grávida cálida 181
lêmures de Eros 183
prativai.. 184
duce 185
o clitóris da Dóris 186
narguilé 187
anima sex 188
o cu 189
paladar 191
aqueles 192
o desejo e o que seja 193
trompe l'oeil 194
délicatesse 195
amor a pé 196
alvíssaras 198
o gesto e a gesta... 199
amor-*bandaid* 200
tolo Sísifo 201
xibius 201
o náufrago 203
bocas 204
a língua do pé... 205
mesmice 206
a perigo 208
ordem de cima.. 209
fora de cena 210

AS MULHERES GOZAM PELO OUVIDO (2007)

a mulher que só goza 215
mirada fuerte... 217
receita de minete 218
freguês de caderno 221
cine privé 222
manjar 223

foda.com 224
seios a passeio 225
não briga comigo 226
Madame Pompoir 228
escola de sereias 229
comensal (I) 230
ambidestro 232
Vertigo 233
racha que agacha 234
a língua do pê 235
pau pra toda obra 237
a quatro lábios 239
dedólatra 240
vai da valsa 241
altar 242
musa hermafrodita 243
ambrosia 244
mínimas do sultão 245
gozatório 246
empirismo 247
nectário 248
cinco homens (honrados) batem punheta 249
menino levado 251
comensal (II) 252
queria ser 254
banho de cachoeira 255
só Eros sói ser 256
tertúlia 257
síndrome do afogado 259
cabeludas 260
ablução do grelo 263
o freguês sempre tem razão 264
bucetaria 265
nas asas do marzapo 266
eu quero é rosetar 267

beijo negro 268
núpcias 270
caralhos me mordam 271
ode à siririca 272
haiku 274
acrobata 275
comensal (III) 276
de como ouvir um poema 277

O autor 279

Antes que, em baixo, ó Eros,
Com os mortos vá dançar,
Quero os cuidados feros
Da vida afugentar.
ANACREONTE

Acredito na carne e nos apetites.
WALT WHITMAN

Todas as palavras estão
certas e são todas suas.
W. H. AUDEN

SEXO, PALAVRA E LENTE

Felipe Fortuna

SYLVIO BACK, cineasta, provavelmente escreve longos roteiros de cenas sexuais com início, meio e fim (nem sempre nessa ordem): mas, para compô-las, precisa trabalhar com afinco em cada ângulo, cada *close*, cada *take*. Os poemas eróticos reunidos em *Quermesse* demonstram bem esse afã construtivo do poeta, que traduz o seu erotismo a partir da sua memória cinematográfica e vai, pouco a pouco, registrando o filme da sua vida, com a câmara na mão, primeiramente. Provém dessa *projeção* – palavra-chave – para a tela, e da tela para as retinas do poeta, a experiência pioneira do desejo e do êxtase. Porque, como expressou Octavio Paz, o encontro erótico começa com a visão do corpo desejado,[1] e a encarnação (para alguns, a epifania inesquecível) do desejo surge para Sylvio Back a partir das atrizes famosas que habitam a tela dos cinemas e a imaginação do onanista. Essas mulheres consomem o poeta na passividade de uma sala repleta de admiradores e, mais tarde, numa prática solitária. E o seu erotismo, no qual quase nunca se encontra a palavra amor, é feito nessa etapa de imagens sucessivas que vão de Theda Bara a Sharon Stone, de Marilyn Monroe a Maria Schneider, que merecem, cada uma ao modo do seu admirador, uma imagem seminal.

---

[1] Octavio Paz, *La Llama Doble* – Amor y Erotismo (Madrid: Seix Barral, 1993), p. 204.

A velocidade dessa atração sexual por mulheres que são imagens na tela pode acontecer à razão de 24 quadros por segundo – o que inspira o título de um dos poemas de Sylvio Back. Pois é ele, cineasta e poeta, quem controla a ação, e precisa mesmo atuar na posição de diretor ou de assistente, como ocorre em meio a um registro do ato sexual – por exemplo, no poema *"cine privé"* (p. 222), onde aparece responsável por um detalhe obsceno. Primordialmente, o poeta se ocupa dessas cenas rudimentares nas quais um casal copula ou uma atriz pornográfica – como Isabel Sarli ("a incomensurável") – faz o possível para animar os homens da sua geração, e é bem sucedida.

É que a câmara a registrar a ação dessas imagens em sequência vertiginosa se assemelha a um instrumento viril – e seu objetivo é perscrutar, captar, flagrar, penetrar. Sylvio Back tem prazer em visualizar seu objeto de desejo, porém, antes da primeira mirada, é a câmara mesma um instrumento do prazer. No poema "*CAMERA*" (em itálico e, portanto, sem circunflexo porque escrita em língua inglesa, em alusão ao cinema norte-americano), a *CAM* é apenas uma abreviação do aparelho potente que realiza o seu trabalho e vai sendo gradualmente metamorfoseada em pênis, enquanto filma, enquanto desempenha as suas funções.

a CAM (toda cachoeira)
orvalha de provecto incenso
coxas imberbes (...)
jatos de esperma aspergindo a lente (p. 66)

Assim filma Sylvio Back as suas memórias visuais, em ato final de homenagem e descontrole.

Esses poemas eróticos marcados pelo cinema, bem como pelos rituais de suas imagens e de sua recepção não poderiam deixar de exibir escolhas decisivas no que diz respeito à sua montagem e à sua construção. E uma das escolhas obsessivas do poeta é a repetição.

Sylvio Back insiste em repetir palavras como se estivesse tentando aglutiná-las a outras, a exemplo de xana, de mênstruo, de buceta, entre tantas que se combinam, respectivamente, com laguna e cascata; com vapor e pororoca; com astrolábio e manga-rosa. É que o poeta insiste em dar ao sexo uma dimensão substantiva, no entanto bem qualificada, aproximando-o, em livre associação, de outras referências e, por fim, do mundo que nos cerca – e cerca o poeta com força coercitiva.

Mas é preciso reconhecer que o sexo – e, sobretudo, o ato sexual – é mesmo repetitivo. Tanto mais quando o desempenho é descrito de apenas um ponto de vista, que comanda a ação decisivamente. Sua plena originalidade encontra-se no outro, que lhe traz dimensões insondáveis e carrega de subjetividade o que estaria inelutavelmente fadado à exaustão. Em outras palavras: imagine-se o ato como exercício atlético e desafiadoramente físico, como se coubesse a cada um assistir a uma longa série de arremessos de discos, corridas com barreiras e saltos triplos. Sylvio Back, em seus poemas, força ao limite o desempenho maquinal, o instinto animalesco, para que a transgressão do poema seja a sua redução à obscenidade do detalhe, como ocorre em "hosana ao grelo":

> *tudo no grelo é*
> *favo e inflável*
>
> *tudo no grelo é*
> *molusco e clava*
>
> *tudo no grelo é*
> *hígido e vibrátil*
>
> *tudo no grelo é*
> *hóstia e tugúrio*

> *tudo no grelo é*
> *mírreo e anseio*
>
> *o grelo é ninfeu*
> (p. 172)

Que se esclareça, no entanto: a repetição atende a atributos de montagem e de construção nos poemas eróticos de Sylvio Back, considerando-se mais influência do cinema com respeito à edição narrativa. Mas a repetição revela-se, em si mesma, um artifício comum à poesia erótica, que glosa os movimentos, a sofreguidão, o *savoir faire* dos pares e das cópulas. Porque também conhecia a repetição como ato original, o poeta Oliverio Girondo construiu um poema todo feito de verbos, no qual o comportamento serial vem da multiplicação quase ao infinito da estrutura gramatical. E, ainda assim, esses versos podem ser alusivos a algo que só se constrói no leitor:

> *Se miran, se presienten, se desean,*
> *se acarician, se besan, se desnudan,*
> *se respiran, se acuestan, se olfatean,*
> *se penetran, se chupan, se demudan,*
> *se adormecen, despiertan, se iluminan,*
> *se coidician, se palpan, se fascinan,*
> *se mastican, se gustan, se babean,*
> *se confunden, se acoplan, se disgregan,*
> *se aletargan, fallecen, se reintegran,*
> *se distienden, se enarcan, se menean,*
> *se retuercen, se estiran, se caldean,*
> *se estrangulan, se aprietan, se estremecen,*
> *se tantean, se juntan, desfallecen,*
> *se repelen, se enervan, se apetecen,*

> *se acometen, se enlazan, se entrechocan,*
> *se agazapan, se apresan, se dislocan,*
> *se perforan, se incrustan, se acribillan,*
> *se desmayan, reviven, resplandecen,*
> *se contemplan, se inflaman, se enloquecen,*
> *se derriten, se sueldan, se calcinan,*
> *se desgarran, se muerden, se asesinan,*
> *resucitan, se buscan, se refriegan,*
> *se rehuyen, se evaden y se entregan.*[2]

Parece evidente que o poema de Oliverio Girondo conduz a uma zona de pouca segurança, apesar da precisão de cada verbo: afinal, quantas e quem são as pessoas que produzem tanta ação? E serão homem e mulher, homens e mulheres, homem e homem, mulher e mulher, homens e homens, mulheres e mulheres, e assim por diante? A impossibilidade de saber com quem está ocorrendo o que está ocorrendo surge muitas vezes no âmago mesmo da poesia erótica – errática porque movida a Eros. Pois o erotismo pode concentrar todas as ações numa só: a da palavra no poema, como se percebe aqui em *Quermesse*. E é assim que Sylvio Back, no poema "prontuário", uma vez mais insiste e repete o seu mantra erótico:

> *acordei nascituro*
> *pele & mimos*
> *dossel vadio*
>
> *acordei babando*
> *salitre & gala*
> *bendita birita* (...)

---
[2] Oliverio Girondo, "Se Miran, se Presienten, se Desean...", in *Calcomanías* [1925] – Poesía Reunida 1923-1932 (Madrid: Renacimiento, 2007), p.161-162.

acordei morto
florbela & olores
esplêndida sorte

adrenalina
de xaninhas
(p. 41)

Enfim, a repetição alude ao próprio ato sexual, no seu ofício de alcançar o apogeu. E Sylvio Back segue à risca os elementos de sua composição, ao enquadrar o corpo do outro e, neste corpo, as suas partes constituintes que obrigam a retornar. Esse processo de enquadramento e usufruto, que vai aos detalhes para conhecer sua essência carnal, pode parecer reducionista, mas é como muitos poetas preferem agir. Um desses poetas, Carlos Drummond de Andrade, assim apresentou sua natureza viva:

Coxas   bundas   coxas
bundas   coxas   bundas
lábios   línguas   unhas
cheiros   vulvas   céus
*   terrestres*
*   infernais*[3]

Essa obsessiva repetição dos poemas eróticos, que Sylvio Back radicaliza, diz respeito a uma técnica que trata o sexo com intensidade, por meio da rapidez e da economia das descrições. Como acontece em "rapel" (p. 84) – título que intensifica o ato físico –, cada parte do corpo está voltada para uma ação exaustiva, e todo o

---

[3] Carlos Drummond de Andrade, "Coxas Bundas Coxas", in *O Amor Natural* (Rio de Janeiro: Record, 1992), p.23.

conjunto se destina à obra comum de dar e buscar prazer. Em sua brevidade, esses poemas recusam o eufemismo e a dissimulação: vão diretamente ao ponto, deixando à margem qualquer elaboração em desajuste com a necessidade de ressaltar a animalidade do amor. Assim também fez Ausônio em uma de suas epigramas, ao comentar o comportamento de uma mulher:

> *Crispa tamen cunctas exercet corpore in uno:*
> *Deglubit, fellat, molitur per utramque*
> *cauernam,*
> *Ne quid inexpertum frustra moritura*
> *relinquat.*[4],

que bem poderia estar repercutindo no poema de Sylvio Back, em "ablução do grelo":

> *tantos vorazes orifícios*
> *bocas e salivas assaz*
>
> *tanta porra que jorre*
> *sacia vícios e ardores*
>
> *tantos orifícios há pra*
> *aplacar dedos e dildos*
>
> *tanta ablução do grelo*
> *o caralho é prisioneiro*
> (p. 263)

---

[4] Ausonius, Epigrama LXXI, "Subscriptum Picturae Mulieris Impudicae", in *Opuscula*. "Mas Crispa tudo faz num corpo só: descasca / e chupa e é socada numa gruta e noutra / por nada em vão deixar na morte sem provar." Tradução de João Ângelo Oliva Neto, encontrada em http://www.usp.br/verve/coordenadores/joan/rascunhos/31tradineditas-joan.pdf

No poema "prativai", Sylvio Back escreve o verso final que poderia ser o inicial – *abracadabra*. Essa palavra mítica – que, uma vez pronunciada, tudo transforma – está engastada após uma seqüência de versos em que o verbo *abrir* surge no imperativo, exigindo da parceira todo o empenho. Pois, no erotismo, há um universo que tem início a partir do encontro e da percepção do corpo ou de uma parte do corpo. *Abracadabra* – que alguns etimologistas explicam ser "eu crio enquanto eu falo" – representa para o poeta um trocadilho sonoro que atua sobre a pessoa que abre seu corpo para o outro – possivelmente sob o comando do outro. É quando interessa conhecer, na poesia de Sylvio Back, esses diálogos entre parceiros que se dão ora sob a forma de dominação, ora sob engajamento puro no ato sexual, em que fica dissolvida a hipótese de dominação. Antes, porém, de comentar os aspectos desse diálogo, vale muito recordar como a palavra *abracadabra* também se relaciona às tímidas tentativas de efeitos visuais encontradas em *Quermesse*: pois, assim como se lê em "Igor que fode Vivi que fode Gato que fode" (p.157), o poeta figura um triângulo invertido que simboliza o púbis. *Abracadabra*, como ensinava Serenus Sammoncus, em *Præcepta de Medicina*, teria sua eficiência verbal multiplicada caso fosse disposto (e lido) naquela forma:[5]

```
ABRACADABRA
 ABRACADABR
  ABRACADAB
   ABRACADA
    ABRACAD
     ABRACA
      ABRAC
       ABRA
        ABR
         AB
          A
```

---

[5] Cf. Charles William King, *The Gnostics and their Remains: Ancient and Medieval* (Minneapolis: Wizards Bookshelf, 1973), p.317.

O erotismo se organiza, pois, como um universo formado a partir da visão e a partir da abertura – e é a palavra mágica que dá início ao ato sexual, quando enfim o poema termina e deixa em alusão na página branca tudo o que acontecerá em seguida. Em clave semelhante, Murilo Mendes assim escreveu no poema "Jandira":

> *O mundo começava nos seios de Jandira.*
>
> *Depois surgiram outras peças da criação:*
> *Surgiram os cabelos para cobrir o corpo,*
> *(Às vezes o braço esquerdo desaparecia no caos).* (...)
> *Certos namorados viviam e morriam*
> *Por causa de um detalhe de Jandira.*
> *Um deles suicidou-se por causa da boca de Jandira.* (...)[6]

O erotismo acontece, pois, por meio de um processo redutor em que todo o desejo e toda a expectativa de sensações sexuais encontram seu início numa pessoa ou em parte da pessoa. Sylvio Back pratica um reducionismo inclemente no seu erotismo, e por isso este se encontra muito mais próximo da pornografia, em sua vertiginosa exposição do detalhe – dos mucos, do sêmen, dos flatos, das babas. A materialidade das descrições dessa poesia erótica e fescenina permite supor que o autor de *Quermesse* – festa ruidosa ao ar livre – também manifesta uma revolta comum aos que lidam com os eufemismos, as atenuações e os discursos hipócritas contra a centralidade do sexo na vida: a de irromper, com marcas severas de irredentismo, na certeza de que o ato sexual é a base de um mundo mortal. Ideia muito próxima, nessa linha de convicção, da que se lê numa "Ode à Priape", na qual o poeta satírico Alexis Piron percebe

---

[6] Murilo Mendes, "Jandira", in *Poesias (1925-1955)* (Rio de Janeiro: José Olympio, 1959), p. 71 e 72.

todo o universo como um gigantesco palco de intercursos sexuais e partes genitais que se atritam e se penetram, a partir da mitologia.

Durante algum tempo, enquanto traduzia a obra de Louise Labé – poeta de um erotismo sofrido e tendente à exasperação –, imaginei que deveria escrever um estudo sobre poesia erótica que, por estar eu impregnado pela bibliografia francesa, deveria estabelecer como eixo analítico *le vide* e *l'évidence*. A ideia era demonstrar que a evidência é uma forma de esvaziar o vazio, nunca de preenchê-lo, pois o erotismo pode também surgir ora como falta do amante (e, portanto, projetando-se numa relação sexual irrealizada), ora como afirmação de um desejo que se realiza de modo explícito na relação com o amante – sem espaço para o infortúnio, a impotência, o acidente e a insatisfação. Não prossegui na empreitada de coletar material e testar minha hipótese graças à interferência de outros projetos, mas jamais deixei de observar, na poesia erótica, aqueles meandros. No caso de Sylvio Back, o erotismo parece todo afirmativo e sem concessões ou falhas, e se mostra reinante contra quem quer que seja. E a melhor série para observar a preeminência solar desse erotismo se encontra nos poemas que reproduzem diálogos.

E são variados esses poemas construídos como diálogos: "com todo respeito" (p. 60), do inédito *Quermesse*, trata do debate quase físico entre uma prostituta e seu cliente; "a ferros" (p. 70) , do mesmo livro, registra obscenidades entre homem e mulher, mas também registra a intimidade existente entre os dois; "*la chair est faible*", de *A Vinha do Desejo* (1994), revela humor na interação entre dois amantes, travestidos de "o galante" e "a galante", como num teatro farsesco:

a cuspe de beijos
te rego por tudo
alegro ton trou

> *sussurrou o galante*
> *então me cobre*
> *soca mon désir*
> *verte o que vir*
>
> *gritou a galante*

Em "a estrela preta", de *Boudoir* (1999), o diálogo indicado por travessões é quase todo uma troca de exclamações pelas quais um homem e uma mulher se excitam enquanto fazem amor – em nova modalidade de abracadabra; por fim, "ordem de cima" (p. 209), do mesmo livro, reproduz uma troca difusa de frases entre um homem e um homossexual, com a agressividade de quem manda e possivelmente paga. O diálogo, na poesia erótica de Sylvio Back, também combina a técnica das repetições, já mencionada, com a oposição fundamental entre homem e mulher, oposição sempre dinâmica e para a qual contribui a percepção final do poeta:

> *a mulher e seus fogos de afago*
> *o homem e seu pássaro falaz*
>
> *a mulher e seus gargalos letais*
> *o homem e seus solitários ais*
>
> *a mulher e seus mil orgasmos*
> *o homem e seu unívoco ocaso*
>
> *a mulher e seus líquidos infinitos*
> *o homem e seu fatídico fastio*
>
> *a mulher toda em si*
> *o homem tolo Sísifo*

"tolo Sísifo" é seguramente um dos poemas bem realizados da erótica de Sylvio Back, talvez porque lance sobre o ato sexual uma suspeita acerca do fundamento melancólico de tanta repetição e, de forma implícita, acerca da consciência última da morte quando o desejo está presente. É também poema construído com maestria (e com metros desiguais), em versos que rimam em um só caso e quase rimam nos demais – tudo isso a contribuir para a expressão do desajuste entre a mulher e o homem que já estabeleceram o seu encontro erótico. Imagens como "fogos de afago", "pássaro falaz", "gargalos letais", "unívoco ocaso" – e, por fim, a suprema oposição entre a mulher "toda" e o homem "tolo", que repercute no choque entre "em si" e "Sísifo" – asseguram ao poema uma imbatível superioridade. "tolo Sísifo" não instaura o combate ao eufemismo, ao contrário do que é mais comum em Sylvio Back, nem busca acentuar o obsceno e o registro vulgar para tornar mais estridente a realidade que envolve o ato sexual: no caso em apreço, e até mesmo pela citação do mito grego, está em jogo o erotismo possível, ou melhor, a diferença entre o erotismo imaginável e o realizável, além do alcance do prazer para cada um dos sexos. Os dois primeiros versos do poema "*délicatesse*" (p.195) talvez já houvessem anunciado essas questões:

> *Sorver todos os teus interstícios*
> *– o que couber!*

O poeta erótico deve salvar-se de si mesmo – porque o atrai uma voga narcisista cada vez que comenta aquilo que faz, já fez ou pretende fazer.[7] Sylvio Back mal consegue conter esses "cicios de

---

[7] Numa análise anterior sobre um livro erótico de Sylvio Back, eu já havia apontado "o risco extremado da autobiografia". Cf. "O que se passa na cama", *Jornal do Brasil*, caderno "Ideias & Livros", 30 de agosto de 2008. Reproduzido em Fortuna, Felipe. *Esta Poesia e Mais Outra* (Rio de Janeiro: Topbooks, 2010), p. 110.

Sylvio" (p. 51) e "o porra louca do Back" (p. 133) em alguns poemas onde se exibe adâmico e priápico. Mas se defende com humor num poema como "musa hermafrodita" (p. 181), experimentando ele mesmo um pouco de si: ocorre provar do próprio veneno. E há um pouco de tudo nessa poesia cuja envergadura alcança o próprio sujeito e todos os sujeitos ao mesmo tempo. Sylvio Back pode bem divertir-se na tradição da coprofilia, na degustação do esmegma, na dor estercoral, na sodomia, nos paladares licorosos, nos aromas flatulentos e na proctomania, entre tantas aberrantes especialidades. Mas conhecer a fatura do seu erotismo literário diz respeito a fazer contato com um poeta original quando trata de envolver dois ou mais corpos – e somente isso já recomendaria a leitura prazerosa de *Quermesse*, com seus petiscos à disposição.

QUERMESSE

o segredo

lambida no cofrinho
espuma ao buço

cosquinha no cofrinho
arrepio do púbis

peidar no cofrinho
haustos do cafofo

cuspir no cofrinho
calafrio na espinha

ferrão no cofrinho
chapeleta sabão

porra no cofrinho
lamúria do tarugo

culhão no cofrinho
compota de bolas

putanhar no cofrinho
a tara insopitável

purgatório

como resistir ao que
    besunta a jeba
golfo bebum do
    broto todo hélio
derrame de langonha
    no mata-borrão
o céu da boca é açude
    pranto que purga

buscapé

fui enfiar o ouvido no
labirinto de suas coxas

fui enfiar a manjuba na
campânula do seu gogó

fui enfiar o narigão na
mandala da sua ampola

fui enfiar os dedos no
ninho dos seus pentelhos

fui enfiar o queixo na
planície do seu períneo

fui enfiar os culhões na
fragrância do seu ânus

fui enfiar a língua nos
pelinhos do seu umbigo

fui enfiar os lábios na
torrente do seu coldre

fui enfiar o hálito nos
eflúvios do seu peido

                        fui

ostra

sua ostra sua
(viscosa ova)
sua buça sua
(maresia crua)
sua ostra sua
(joia porosa)
sua buça sua
(calda iguaria)
sua ostra sua
(quina potável)
sua buça sua

cio submarino

un homme trés raffiné

vem vem agora desfaz
deixa solto *pétez de joie*

atoleimado atole a toda
cul delicieux cordon bleu

dormir de conchinha é
bel souvenir des fesses

putices

quando Eros bate
corra dar passagem
é um amoral nato

de cupidez infante
Eros é todo pressa
caralho teso a sopé

seus vassalos feros
choram se a labareda
dissolve no orgasmo

cachoeira de Eros
é Gata Borralheira

a incomensurável

Isabel Sarli estende os braços
e (*quién sabe*) alcança o éter
tempestade de *deseos*
ardências afins
soberbo trapézio de seios
(gozo infinitesimal)
tudo é *exit* magenta
(réstias do *exit* por tudo)
bolachas Maria e marias-moles
lambuzam o véu da glande
quem está dentro de si
fica fora e só vai de *plongée*
promontório de ancas lábios olhos ricto
(suntuosos)
pilóricas axilas umbigo sobrancelhas
(licorosos)
sobre o grelo torvelinho
de pentelhos em carne viva
(suma esgazeada)
de que serve esperar
o undécimo quebra-mar
(*take* é sempre uma chispa
on reverse!)
orgia de pés e pegadas na areia
(lágrimas rupestres)
de íris se veste *la reina*
pomba-gira que explode

uma poltrona solerte (quireras
viram cola de sapateiro)
é delírio é desmaio é desvario
puro *screen* duro *spleen*
sem cinema como ser perene

prontuário

acordei nascituro
pele & mimos
dossel vadio

acordei babando
salitre & gala
bendita birita

acordei enfermo
grelos & pelos
entredentes

acordei sedento
urina & unguento
gulodices

acordei morto
florbela & olores
esplêndida sorte

    adrenalina
   de xaninhas

pinguelos de fé

há bem pouco
poro em poro

anteontem
colmeia fulva

Semana Santa
grumos de sêmen

ano bissexto
rocio de amêndoas

inverno de 2004
defumada aragem

escadaria de 1991
efusão escaldante

tufo nu boca nua
gabolice do cajado

eféméride vaticana
vilegiaturas do fauno

maré de pererecas
a papisa do êxtase

pinguelos de fé não
envelhecem jamé

mulher leitosa

mulher leitosa
ó sanguinolenta
língua mordida

mulher leitosa
ó peitão augusto
vapor de colo

mulher leitosa
ó gruta líquen
siriricas a toda

mulher leitosa
ó tosa cruenta
rola ao dente

mulher leitosa
ó goela náufraga
lapso de gala

mulher leitosa
ó rego de tolete
titilosa falange

mulher leitosa
ó polegar safo
pica *kamikaze*

mulher leitosa
ó coral uterino
peidos em dó

mulher leitosa
orgia tórrida
ó berro feérico

o maneta

dedos ajeitam seios
ao macio torniquete

a serpe futuca com
ímpeto o chassis do

estridente píncaro
implodindo vasos

e calibrando pérolas
que urgem o prepúcio

súbito chorrilho de
linfa ante a gulosa

cova do *blow job*
é punheta maneta

artigos definidos

o cu
a cu

vulvíssimas

vulva merengue
vulva serpentina
vulva ventríloqua
vulva beiçolas
vulva estrupício
vulva *pancake*
vulva hidrante
vulva fecheclair
vulva King Kong
vulva abajur
vulva Lilian Ramos
vulva chulapa
vulva saca-rolha
vulva cotelê
vulva Bersaglieri
vulva Chanel
vulva bolo de rolo
vulva *air bag*
vulva orelhinha
vulva charneca
vulva biônica
vulva vespa
vulva bebê chorão
vulva rodada
vulva loló
vulva cu doce
vulva meia sola
vulva Glostora

vulva peidorreira
vulva maçaroca
vulva soneca
vulva caviar
vulva sapo
vulva santinha
vulva Matusalém
vulva urucum
vulva mixirica
vulva jacaré
vulva acordeão
vulva cumbuca
vulva amônia
vulva bruxa
vulva cafuné
vulva Godzilla
vulva Coubert
vulva cacatua
vulva gazoza
vulva dentuça
vulva Prince Charles
vulva Sésamo
vulva ninfa
vulva viúva

a vulva
é *pulp*

pré-história

trança rosa *shock*
cor da impotência

colo másculo *fake*
diva do auge por vir

unhas *purple red*
tortura do barbudo

fêmeo soslaio *blitz*
ser o que seja o é

náiades sumas *trash*
arremedam o desejo

buceteira de fricotes
salto agulha é *must*

sob o suado xador
aveugles frissons

priápica

Monica Bellucci
melífluo olhar
regaço icônico

impunidade

peitões (estes) peitões
menestrel do culhão

ponte elevadiça
torreão da pica

peitões (seus) peitões
hermenêutica do tesão

rima em riste
cicios de Sylvio

tuc-tuc

alinhem-nos
o fura bolo
e o anular
atraquem-nos
à tarraqueta
umedeçam-lhe
os cabelinhos
afaguem-nos
a caldeira
afoguem-nos
ao torque
toquem-lhe
umazinha

borrasca
da colheita

aberto à visitação

seus anéis
carrossel do amor
seu chumaço
floresta encantada
seus beijos
sala de espelhos
sua bunda
montanha russa
seu grelo
pau de sebo
sua xuxa
túnel do espanto
seus urros
casa dos horrores
seu orgasmo
tiro ao alvo

buffet

precipício ínvio
lèvres infláveis

abrigo do dildo
l'enfer do dedo

vértice adiposo
élan huis clos

quéquette verga
mas não quebra

suculenta vulva
l'éternelle muse

coxas matutinas
a túrgida *gueule*

chatte de farta
foda jeitosa

mui tenras

desse alabastro carnal às unhas
(vibráteis) flamejante vertigem
o que esperar senão de um gêiser
agônico pernas trêmulas a buceta
(fulva e encharcada) a garganta
(choca e oca) a pele banguela eriça
o verbo da luxúria disfarce insone
nem a mais voraz siririca extirpa
são coxas (hígidas) greta (aríete)
e um cu rutilantes (buquê do tesão)
só à espreita desespero penúltimo
ver escorrer (inerme) fimbrias do
que era pra ser e nunca terá sido

omni sex

derme quase
coxas quase
saliva quase
voz quase
tesão quase
rubor quase
pés quase
hálito quase
arrepio quase
ancas quase
lábios quase
aura quase
cheiro quase
umbigo quase
queixo quase
muco quase
sorriso quase
olhos quase
tosão quase
covinhas quase
nádegas quase
porra quase
andar quase
gozo quase

mulher do caralho
é o pomo-de-adão

súplicas

prostrar-se genuflexo
ante o álacre *brioche*
do seu ebúrneo sesso

efeitos especiais

Theda Bara
mnemônico
nitrato

Theda Bara
piscadela
cajal

Theda Bara
esgar
Cleópatra

Theda Bara
nesgas
zoom

Theda Bara
fuck me
you fool!

tríduo momesco

guelras de sangue
pregas exangue

remedo no cu
petits fours

esfíncter
afim

com todo respeito

– rampeira de uma figa
– vá se fudê, mineteiro

– meta tudo, me arromba
– aperta a greta, nojenta

– vou comer teu *pokemon*
– cago no teu pau, corno

– bate, filho-de-uma-égua
– que delícia a tua rodela

– rebola, puta-que-o-pariu
– seu merda, pica de anão

– viado metido a fodão
– faz roçadinho, messalina

– o marzapo tá até o saco
– o consolo tá até a pilha

– ui esporreio feito travesti
– ai gozo na buça e na tripa

Nefertiti

Nefertiti
   das salgadas coxas
Nefertiti
   do buço alfazema
Nefertiti
   dos beijos magma
Nefertiti
   do abraço febril
Nefertiti
   das netunas axilas
Nefertiti
   do glúteo tesudo
Nefertiti
   das aréolas lácteas
Nefertiti
   dos içados velos
Nefertiti
   do gozo homérico
Nefertiti
   da porra melífera
Nefertiti
   do lúmen de Eros
Nefertiti
   o prazer é merencório

pickpoet

o poeta que sequestrou
três poemas se entrega

no boletim de ocorrências
denúncia vazia da sílfide

algemado o poeta confessa
que pretendia devolvê-los

tão logo afogado de beijos
viu-se cercado de versos e

meganhas mas não impediu
que uma chamada alcaguete

tornasse a saudade armadilha
fatal para que sua inocência

seja reconhecida no tribunal
com valor de face pois o amor

é tão maior que o rigor da lei
quanto ao tempo que resta

para avançar naqueles lábios
sempre azados de riso maroto

quando o tesão sobe no rosto
e absolve o vate que põe-se

a chorar feito criança perdida
a poesia se aninha toda nela

zunzum

o grelho de Maria
vai com as outras
troca de groselha

na casa da mãe
Joana a borra
do cu é xampu

com a corda
no pescoço o
pau vira tora

escovas a rodo
antes tonto que
dormir no ponto

sair do armário
é apetite de
toda xavasca

quem não dá
no couro o rabo
vai de troco

tirar sarro de
sestroso é zoada
de *macho man*

dim-dim na mão
calcinha no chão
é o que se diz

lady fisting

enfie o punho
o punho enfia
liturgia da buça

afunde o braço
o braço afunda
homilia do rabo

soque o soco
o soco soca
sangria do útero

pulse o pulso
o pulso pulsa
crisma do tesão

rasgue a carne
a carne rasga
eucaristia da dor

CAMERA

(feito Liz Taylor) a *CAM*
colhe olhos azul e verde
nariz empoado
à boca doces *malas palabras*
cílios *dark* buço de véu lilás
o queixo de furinho sutil
e as bochechas-camafeu
no paralax do visor
le vol des cheveux du cheval
um corrosivo lampejo
sucumbe ao interdito
tetas-ânfora redoma
dengosa a *CAM* tonta
(quase desfalecida)
cinge pernas e pés
arrepios de vidro
(na trilha sonora augustos ais)
chupa os dedos degusta o sugo
a *CAM* (toda prosa)
orvalha de provecto incenso
coxas imberbes
e hirsuta salta inopinada
sobre o umbigo
chafurda até o letal desatino
hordas impacientes as unhas
rompem o buraco de Deus
e gazelas nádegas
(carnívora gangorra da língua)

a *CAM* é atalho aos debruns acesos
dos culhões (então) por que tamanha
soberbia para desvendar o soberbo
que sacrifícios impor a *CAM*
tremores inflados
(pela turgidez)
da cabeça à glande
tudo pronto *the show*
must go on
a sanha da *CAM* arrebata
luxuriosas hesitações
da deusa (alegre parturiente)
súbito ela desvela um ensandecido
(e rubro) tesão
à vista daquilo a *CAM movie*
mui lesto (incontrolável) converte simulacro
em ato o fonema em luminescentes
jatos de esperma aspergindo a lente

desejos no espelho

quão enviesos são
desejos no espelho
quão críveis são
desejos no espelho
quão fugazes são
desejos no espelho
quão físseis são
desejos no espelho
quão avultos são
desejos no espelho
quão baços são
desejos no espelho
quão veros são
desejos no espelho
quão castos são
espasmos no espelho

la vie en prose

boquete
doce lar
do cacete

a ferros

lindona, por que estes
arcos todos nos lábios

lindão, é pra garrotear
teu caralho empinado

lindona, por que estas
argolas todas nas tetas

lindão, é pra sangrar
tua língua criminosa

lindona, por que estas
pinças todas no umbigo

lindão, é pra entortar
tua volúpia tão aquosa

lindona, por que estes
anéis todos na perereca

lindão, é pra mortificar
tua bocarra famélica

lindona, por que estas
algemas todas na toba

lindão, é pra enjaular
teus culhões estalados

lindona, por que esta
tortura toda de cárcere

lindão, é pra saciar tua
carne da rijeza eterna

Maria Schneider

butt lube
loving nectar
ass butter
fucking finger

vaseline grief

lótus

sola rosa do pé
razias do olhar
o rego anseia

fenda reluzente
ressuma de baba
a bocona anseia

concha recôndita
fiorde da volição
a glande anseia

bufante pirilampo
vórtice do gozo
o cacete anseia

todo ofertório
hóstia de Eros

mamilos

mamilos-mamã
mamilos-vênus
mamilos-vanos
mamilos-pedra
mamilos-putos
mamilos-Zeus
mamilos-acres
mamilos-sóror
mamilos-solos
mamilos-*fleur*
mamilos-zero
mamilos-*ink*
mamilos-*pink*
mamilos-*silk*
mamilos-pêra
mamilos-*dolor*
mamilos-micro
mamilos-argila
mamilos-andor
mamilos-*dulces*
mamilos-xucros
mamilos-pornôs
mamilos-gregos
mamilos-combos

mamilos a pino
arrimos de cima

nu de avental

racha ao bafo
lordo na brasa
língua na grelha
mama no espeto
pingolim ao forno

fogaréu do corpo

o farpador

quer ver a minha coleção
de caixinha de fósforos
de miniatura de carro
de bolinha de búrico
de foto da *playboy*
de time de botão
de lápis de cor
de camisinhas
de pentelhos
de calcinhas
de canivete
de prancha
de adesivo
de flâmula
de bagana
de meleca
de pente
de elepê
de boné
de selo
de gibi

vâmo vê quem
tem pau maió

punhos de renda

afoguei o braço
foi-se o cabaço

bandeirolas

boca no cogumelo
vácuo impávido

rubor apoplético
túnel guarda vida

translúcido vitral
sorvo que ferve

nívea é a catadupa
grito que mendiga

escarro da garganta
cornetim dos beiços

língua + caralho
núpcias líquidas

Nora's joys

aos confins do tuim
Nora e Bloom
foram aos píncaros
da linguagem

Nora de bruços
Bloom fauno
rego cabeludinho
algaravia caprina

sob cobertores
lufadas de Nora
sob a palavra
incenso de Bloom

Nora estremece
Bloom de joelhos
é todo frajola
a escrita de quatro

Liffey submerso
Nora goza
Bloom esvai-se
porre do verbo

Dublin de Bloom
suspira até
agora os doces
flatos de Nora

parreiral

de ponta cabeça
bagos macerados

pentelhos bastos
bagos macerados

mobília do caralho
bagos macerados

decúbito ventral
bagos macerados

ácidos perfumes
bagos macerados

encarnadas rugas
bagos macerados

garganta golfada
bagos macerados

bagos macerados
bacanal do afago

vampiragem

mênstruo rapé
mênstruo larva
mênstruo vapor
mênstruo *kaput*
mênstruo arroto
mênstruo súbito
mênstruo borrão
mênstruo púbere
mênstruo melado
mênstruo *apéritif*
mênstruo sândalo
mênstruo *al mare*
mênstruo longevo
mênstruo compota
mênstruo pororoca
mênstruo temporal
mênstruo carnívoro
mênstruo *Beaujolais*

o chico é afrodisíaco

ósculos

ardosa ópera
oh! edênicos
ósculos do cu

capilé mimoso
ah! seminais
ósculos do cu

piroca garrote
ai ai! ignotos
ósculos do cu

guloseima fecal
uuh! piedosos
ósculos do cu

ósculos do cu
no cu óbulos

tomos

no corredor do banheiro
(não) gases de buceta

longevas mãos colhem
porra (sim) era da toca

os ganidos da foda (não)
como se fora outra vez

no reflexo a carniça da
piça (sim) sono de Eros

rapel

apensas garras
língua e beiços

larápio de seios
cusparada agreste

que escorrega
em meio ao úmido

arbusto das entranhas
conjugam-se à glande

contorno de quadril
desfiladeiro inconsútil

a vara é cava e lavra
a ré falésia genuflexa

estrebuchar na coitada
que melhor valia seria

holografia

mulher-rara
mulher-tara
mulher-farra
mulher-poça
mulher-nave
mulher-treta
mulher-coça
mulher-diva
mulher-ardil
mulher-cetra
mulher-uivo
mulher-reto
mulher-piro
mulher-dolo

homem numa
mulher nume

humosas

muco do beijo muco da buça
muco do rabo muco do bago
muco do pau mucos eclusos

passadiço

éramos cinco quartos
de portas contíguas
risadas da menininha
dos dentes cariados

éramos cinco silêncios
nas afiadas gengivas
havia borra de café

éramos cinco atônitos
podre olhar de desmaio
égua de aguadas narinas

éramos cinco assoalhos
unhinhas grená encosto
suplicando por socorro

éramos cinco tresloucos
e um tesão descontínuo
paroxismo fora de sincro

éramos cinco escarros
sob cortininhas floridas
fac-símiles de orfandade

éramos cinco perdidos
aos branquelos torneios
uma urdidura de cobra

éramos cinco tomadas
gravosos pinos adentro
veraz o sugo do ardor

éramos cinco décadas
de portas semiabertas
trânsfugas da menininha
dos dentes cariados

cantata

beijo-harpia chincha de peitos
o cajado que entumesce
Vênus ébria (lasciva mirra)
uma longeva e oleosa escuma
os amantes ganem como cães
taquicardia e saciez azeda
hera antiga nunca esmaecida

sommelier

surpreendente degustar
o (seu) esguicho ácido

no palato exala aroma
intenso macio (taninos)

encorpados e redondos
(de final longo) afinidade

com carnes vermelhas
(róseas e roxas) a gosto

Xanadu

xana oca
xana éter
xana caca
xana jorro
xana vapor
xana açude
xana garoa
xana laguna
xana budum
xana orvalho
xana cascata
xana chafariz
xana *moisture*
xana chuvisco
xana aguaceiro
xana enxurrada

ágape de gala

24qps

caldo *movie* dos bagos
vago *movie* das pernas
louco *movie* das nádegas
cãimbra *movie* da língua
torque *movie* da piroca
frêmito *movie* da pegada
alagado *movie* do cabaço

fucking movie is solitude

arroubos

alvoroço da coxa
gestos perversos
urros à espreita
fresta de se ver

bafo da frincha
avidez escorrida
vertigem assaz
perdigoto do ser

pétreos anelos
sovaco cardido
beijares ávaros
negaceios a ter

estilingue

velos carnais escaninhos
virgens o pau entorta no
fiofó é amperagem mor

enviesados sorrisos de
prazer atolar profundo no
fiofó é carga elétrica mor

prepúcio afora e adentro
júbilo do esguicho pau no
fiofó é voltagem do amor

Quando se tem talento, se diz tudo a contento.
Quando se é genial, às vezes a gente diz bem.
Outras, nem bem nem mal.
E às vezes até mal.
Marcial | (40-104 d.C)

O CADERNO ERÓTICO DE SYLVIO BACK

de olho no firmamento

dragamos
saliva
horas a fio
afundamos
no cio

escoteiro

quem procura
acha
aí eu beijei
sua racha

andor vítreo

            um bafo
            opiáceo
            sublima
            o dom da
            incerteza

tê-la
sem(pre)
feri-la

            nada disso
            culmina
            enquanto
            você
            mantiver

umbigo
extenso
pentelhos
intensos
clitóris
incenso

Kama Sutra

por causa
do teu
alaúde
(escaravelho
ígneo)
quase
fui
decapitado

de quatro

mãos e coxas
(orvalhadas)
seios e boca
(vozes sem vezo)
pálpebras
(imberbes)
torpedeiam
os jardins
do desejo
a memória
(essa cafetã)
ensaia
um sorriso
amarelo

sobressalto

me
masturbo
saboreando
-te
(no céu
da boca)
algas
que
nos pertenciam

décor e salteado

era
como
　irrompíamos
pelas
nossas
cavernas

assíduo frequentador

pelos
corredores
das tuas
axilas
maresia

MM

quantas punhetas
por você
quantas fodas
por aí

traí

siririca

    pica
      de pano
se não
    me engano

crau!

abaxaqui
midaocujá
inãosimexa

decifrado

amor de pica
é o que fica
você curitiboca
eu caio de boca

sex-shop

ninguém varou-me como ela

em vau

sinto
puto-me
às vezes

reprise

    noutro
rosto
  deparo
com
  o mesmo
halo
  (*technicolor*)
  de quando
  metíamos
  um noutro

de borco para o desconhecido
ou
"quem sabe a gente se abarca"

esquecer
teus
uis
e teus
ais
jamais

cruel abstinência

dessa mulher
quero só
o vinho
agridoce
que estala
na minha
língua

festa

que tesão
será este
que a translação
da glande
não abrande

69

teta-à-teta

religiosidade

persigno-me
diante
da tua
perseguida

resignado

volta às origens

       na penugem
dos teus
      lábios primevos
o gozo
da galáxia
          primeira

lúdica liça

    sábado
é dia
  de piça

    domingo
é dia
  de missa

nascituro

na tua boca
oxiginei-me
na tua buceta
liquefiz-me

A VINHA DO DESEJO

*Os desejos do ser
humano são infinitos,
mas sua vida, não.*
Issa Kobayashi

*É surpreendente verificar como
logo morre de inanição um desejo
quando se deixa de alimentá-lo.*
William James

*O poema é o amor realizado do
desejo que permanece desejo.*
René Char

guardamento

gozar junto
sex defunto

poema ao acordar

no batismo graxa de motor
na crisma azeite de oliva
na comunhão valia cusparada

isso nos idos cândidos de 1977
o cu era de quem se dispusesse

hoje à cama luvas de escamas
   capacete esparmacete

ampulheta de horror

crisma

vinhei
como se fora
o sanguinho
  do nosso ninho

serial killer

                afogar o ganso
                   queimar a rodinha
passar   na faca
                 abater a rolinha
               arrombar o cabaço

                    seria crime

canto de fodas

descortinei
tua mala
malévola

                negro-nigérrima

arregacei
teu fiofó
sem dó

                negra-nigérrimo

espetei
teus peitinhos
untadinhos

                negro-nigérrima

explorei
teus alvéolos
pélvicos

                negra-nigérrimo

na gangorra
de todas
(amoras)
o ventre abres

à porra soluçante
do sabre ansiante

                              negro-nigérrima

tuas coxas
(luxo calipígio)
minhas mãos
(*fiat lux*)
ó fumo pidão

                              negra-nigérrimo

dedos à glande
(à racha)
nádegas aos bagos
(amaros)
de todas
as loucas
(curras)
hordas nuas
(e crudas)
convertem-se
ao êxtase
do teu gêiser
(licoroso)
extremoso

                              negro-nigérrima

partners

a minha porra
o porra do Back
a pororoca do Back
o porra louca do Back
a borra borrada do Back

sua porra sua
seu cheiro seio cheio
suas axilas felmel
sua toca sua ambrosia
seu golfo escarcéu

a porra virtual da foda
a foda da porra virtual

arte

tenho ciúmes
desses dedos

                    tan ledos

sinto calafrios
dessas unhas

                    tan cunhas

tenho sede
desse humo

                    tan sumo

tenho inveja
dessa greta

                    tan peta

que doutros
lábios soluças
gritos

                    tan traídos

que doutras
línguas inoculas
saliva

                tan doída

que doutras
bucetas colecionas
vagidos

                tan esvaídos

tuas atas Onã
quero ser ímã

la chair est faible

não faça
coeur douce
mon chou

rogou o galante

não cabe
tamanho talude
mon bijou

suplicou a galante

abre *ton décor*
assim de viés
mon trésor

insistiu o galante

je meurs de peur
catita a glande
petite ma fleur

replicou a galante

a cuspe de beijos
te rego por tudo
alegro *ton trou*

sussurrou o galante

então me cobre
soca *mon désir*
verte o que vir

gritou o galante

sim

tenho saudades
das matinês conversadeiras
que emborcavam besteiras

não

tenho saudades
do meu futuro promissor obscuro
aberto no anverso do verso

não

tenho saudades
das mil irretocáveis bronhas
símil de Jane Russell à mão

não

tenho saudades
das horas ardidas em discussões
sobre causas urdidas e perdidas

não

tenho saudades
da impunidade dos vinte antanhos
com tantos puta *desengaños*

não

tenho saudades
da sangria desatada com meninas
da rua da sopa do peito e da lua

não

tenho saudades
de quando alma coração corpo sentidos
faziam sentido cor ação magma

sim

o autorretrato dele

I

o caralho não é
um outro

    eu sou o seu corpo
    eu sou a sua erupção
    eu sou a sua sedução
    eu sou o seu horto

o caralho não é
insigne

    o caralho é um vil
    o caralho é um logro
    o caralho é um ogro
    o caralho é ígneo

o caralho é o olho de Eros

II

inesperadamente
ontem revi-o
revi-o faiscante
revi-o glabro
garboso revi-o
revi-o espadim
revi-o nemim

revi-o como se eu ele fora
revi-o como se ele eu fora

siameses
quase nos beijamos
de vez tocamos os beiços

era o caralho a serviço
era eu seu cavalariço

era o caralho hirsuto
era eu seu *ex-abrupto*

eco carnal
velho fauno novas pontarias
novas montarias velho náufrago

III

aquele caralho este caralho
memórias em suor de glandes
totens e nervuras

cabeça prenhe de cantárida

história em cibéis de bocas
cus e bucetas

cabeça parida do todo

glória em fastio de porra
merda e paquete

cabeça paupérie de gozo

    caralho é só mente
    quando sombra só é

coisa-feita

minha paixão
é coisa-feita
(de botes)

minha paixão
é coisa-feita
(de mineteiro)

minha paixão
é coisa-feita
(de goles)

minha paixão
é coisa-feita
(de punheteiro)

minha paixão
é coisa-feita
(de bodes)

minha paixão
é coisa-feita
(de putanheiro)

minha paixão
é coisa-feita
(de motes)

rente que nem pão quente

tua voz
me calas
à pica

        tua xota
        madeixas
        à deriva

de cor e salteado

        hera
       como
irrompíamos
        pelas
     nossas
            cavernas

300 ânus

maldade frida
curitiba

mente woytila
curitiba

lazeira roída
curitiba

grandeza ruída
curitiba

boudoir urdida
curitiba

drags erodida
curitiba

invídia brandida
curitiba

perfídia cativa
curitiba

rubor catita
curitiba

ardor sopita
curitiba

soberba fodida
curitiba

merda fedida
curitiba

são fauno

asas coradas
faunos são

glad Gladis

entre nua e o *Steinhäger*
sagram-se abismos e consolos
mortalhas in *Tränen*
o espasmo e o orgasmo
apenas lóbulos *grises*
na ante-sala formidável
viuvez: expedição ao cu
porco porque morto
(*miroir du film-noir*)
o caralho extinto e o
ansiar besunto deixaram
pentelhos no ralo da pia
(confetes fétidos) *out*
de mim de ti de si absinto

metempsicose tesão

falaz   felácio
feros   falos
falhos   faros
feras   falas
feroz   falácia

Eros erosa erros

amar à náusea

minha amada é uma gata – se lambe toda
meu amado é um gato – me lambe toda

minha amada abre a boca – hálito fecal
meu amado molha a bocarra – hálito escarro

minha amada levanta os braços – azado pitéu
meu amado vem de braçadas – putrefato céu

minha amada estoca as pernocas – buça sebenta
meu amado ensarilha as pernas – pica perebenta

minha amada adora peidar – voleio de *peignoir*
meu amado desova peidos – sova alucinógena

minha amada arreganha a gruta – puro mijo
meu amado lustra a glande – puro queijo

minha amada empina o cu – caibo até o cabo
meu amado vaselina o cu – dildo cagado

minha amada é uma cadela – engaste fedido
meu amado é um cadelão – engate fodido

trespassing

1. não tem caráter
   o desejo
   tem demão

2. mulher com pentelho
   no calcanhar melhor
   fodê-la que tê-la

3. cu e maionese
   só come-se
   chez vous

alfa

puxo e repuxo
a pica picada

ah xuxa bruxa

pomba-gira

membranas de fogo
em fodas insones

herdeiros inermes
de gozos romeiros

corpos e prazeres
reduzidos a haveres

traveste-se o que se foi
do que fora e basta-se

dor rouca perverte pouco
amor se indo linda o vindouro

lágrimas solas escorregando
por dentro das aortas tolas

olhar pra frente asneira mor
detrás a seiva é que consente

M., G., O., sempiternas trigêmeas
vocalistas deste leão onanista

países baixos

                    rasguei
                    o sutiã

(empáfia vã)

                    rasguei
                    a calcinha

                                      (glória de mentirinha)

                    rasguei
                    a meia *nylon*

(negaça em vão)

                    rasguei
                    os lábios

                                        (odores sábios)

                    rasguei
                    a vagina

(vesga malsina)

                    enjaulei
                      -me

autópsia de um peido-rei

s'il pète c'est qu'il suspecte

o peido	Judas Escariotes
o peido	eu não foram
o peido	*dry and wet*
o peido	sai de perto
o peido	comigo ninguém pode
o peido	comigo ninguém fode
o peido	falso alarme
o peido	falso desarme
o peido	cunilíngua
o peido	língua no cu
o peido	arauto
o peido	arroto

o peidorreiro é um fingidor

o peido	não-tem-tu-vai-tu-mesmo
o peido	tutu de feijão com torresmo
o peido	nem vem que não tem
o peido	Elizabeth Arden

o peido	pra dentro
o peido	escapamento
o peido	mais pesado que o ar
o peido	manjar dos cardeais
o peido	retrós
o peido	atroz
o peido	gago
o peido	cago

merde alors

Igor que fode Vivi que fode Gato que fode
Lulu que fode Su que fode Maninho que
fode Margot e Ré que fodem Tico que
fode Naná e Igor que fode Bel que
fode Ló que fode Beto que fode Su
que fode Vivi que fode Maninho
que fode Dani que fode Margot
que fode Naná e Igor que
fodem Ló que fode Gato e
Beto que fode Lulu que
fode Dani e Bel que fo
dem Vivi que fode
Tico que fode Na
ná que fode Ré e
Margot que fo
de Gato que
fode Lulu
que mor
re que
fod
a

ivre vie

puta poeta
deu puta pau
no poeta puta

noite curitibana

    por detrás
      de tuas valsas
    abrasas

    por detrás
      de teus olores
    temores

    por detrás
      de tuas portas
    abortas

    por detrás
      de teus peidos
    confeitos

    por detrás
      de tuas coxas
    atochas

    por detrás
      de teus culhões
    alusões

    por detrás
      de tua consorte
    a morte

dádiva

I

lego o gozoso avesso do gozo
tanta punheta aniversariante

lego o suco esmalte vertido
tanto *feeling* de sapo assuntado

II

lego as noites de cagadas com morte
– boto sob a cama – gravata semiótica

lego os peidos em sépia solidamente
suspensos – zimbório do desejo

III

lego o hálito materno – disfarce de fúria
e excitação do primevo beijo armado

lego a brochura ante aquele viscoso olho
do cu a piscar – estremecido e enternecido

IV

lego o tesão beija-flor da irmã carmim
acolchoando meu pintinho arlequim

lego o miasma vivo de mios soturnos
trampa inconfundível do pai *cunnilingus*

V

lego a espiral ouro-e-prata que pairava
chafariz feliz de pererecas juvenis

lego as corridas atrás de lordos loucos
e a mordida do latido fedido deles

VI

lego as cricas abissais sem ar e mar
e rio delas compulsiva e contundentemente

BOUDOIR

O poeta precisa ser menos poético.
T.S. Eliot

Exuberância é Beleza.
William Blake

for ever, back
back (poeta fescenino)
com palavras e palavrões
fez-se menino para sempre
(ele perpetua a nossa mente)
Sérgio Rubens Sossélla

classificados

à espreita da foto
plena luxúria caseira

mulher alta 31a. 67kg.
esfomeadas coxas roxas

seios hiperbólicos e o
clitóris cor bastante

sob nádegas vesuvias
sua o fervente magma

pelos lábios múltiplos
balbucio carnal em vão

no silêncio do acetato
orgasmo a única ficção

bucetário

buceta senha
buceta sanha

buceta de lira
buceta delivra

buceta labiosa
buceta astrolábio

buceta *en rose*
buceta manga-rosa

buceta mordisca
buceta mourisca

buceta lacrador
buceta lavra-dor

buceta anel
buceta anal

buceta pomba-gira
buceta contagiros

buceta arreta
buceta Aretino

rio do cio

porra vaza-boca
saliva vaza-pica

Eros de sede excede

há que ser

secreta musa
túmidos beijos

    secreta

esconde musa
urdidos ardores

    esconde

segreda musa
tímidos crimes

    segreda

escande musa
ungidos orgasmos

    escande

a primeira dama

muié-findinga
muié-cocote
muié-andorinha
muié-reboque
muié recaída
muié-rascoa
muié-vulgívaga
muié-à toa
muié-miché
muié-má nota
muié-bidê
muié-da rótula

muié-fié

hosana ao grelo

tudo no grelo é
favo e inflável

tudo no grelo é
molusco e clava

tudo no grelo é
hígido e vibrátil

tudo no grelo é
hóstia e tugúrio

tudo no grelo é
mírreo e anseio

o grelo é ninfeu

a estrela preta

– Dói, dói, dói!
– Mas foi com dó.

– Agora *doucement*.
– Sou um *gentleman*.

– Está apertado?
– Vai me decapitar.

– Fundo, fundo!
– Haja fumo...

– Mexe, mexe forte!
– Ó sesso consorte.

– Sem poesia... Me fode!
– Ambrosia do pau-de-sebo

– Soca, soca tudo!
– Nossa que gula!

– Lambuza ele de merda!
– Ardo no perfume dela!

– Me atola até os tomates!
– Ah doce prega de égua!

– Esporreia no meu cu, puto!
– Ái, ái, ái, arreganha mais!

– Gozo nele e na buceta!
– Oh minha estrela preta!

coisailoisa

coisa-fazes-coito-falos-coisa-falas
coito-fezes-coisa-feres-coito-fetos
coito-ficta-coito-fitos-coisailoisa

para jamais saber

a pororoca na sua boca
a lava dos lábios
a lânguida enguia

é
horizontal
v
e
r
t
i
c
a
l

oráculo

lá onde se homizia o totem do fauno
lá alcança o hálito do gatuno

lá onde se homizia a cova gozosa
lá alcança a saliva do lagarto

lá onde se homizia a hóstia-sósia
lá alcança a língua do sagui

lá onde se homizia o fio de tudo
lá alcança a pontaria do piçudo

travesti
travésde
siatreve
travesti
travésde
miatrevi
traveste
travesti
travésde
tiatreva
travésde
nóstrela

batiscafo

a duração do desejo
toda carne é erva

a duração do desejo
toda carne é excesso

a duração do desejo
toda carne é tirana

a duração do desejo
toda carne é escarcéu

a duração do desejo
toda carne é cantárida

a duração do desejo
toda carne é líquida

intradução

tu bi
or not
tu bi

a grávida cálida

ah a grávida cálida
– suculentos lábios de súcubo
ó musa escusa de Eros

ah a grávida cálida
– exultante fastio do pênis-ente
ó ímã da posse canina

ah a grávida cálida
– formidável veste plenilunar
ó suave demo dos seios plenos

ah a grávida cálida
– infinita volúpia de orgasmos
ó voraz medusa do beijo mítico

ah a grávida cálida
– lúdica faísca do olho famélico
ó anfitriã da alva vulva vulvalva

ah a grávida cálida
– soberba fadiga do amor *fantôme*
ó bojuda aura do desejo anônimo

cu caralho buceta = picego cúmulo do meio
cu caralho buceta = secreta brecha do medo
cu caralho buceta = sacro antídoto ao tédio

lêmures de Eros

                falo
        falésia   fiorde
                nume
        torque   gárgula
                lume
          ágata   fátuo
                gólgota

prativai

abra a boca
abra a braguilha
abra o pentelho
abra a xota
abra a rodinha
abra o grelo

abracadabra

duce

seducere
reducere

o clitóris da Dóris

oh clitóris da Dóris
– favo de incenso
a dedo acendo

oh clitóris da Dóris
– cisco de luxúria
de língua cerco

oh clitóris da Dóris
– bala azedinha
à saliva embalo

oh clitóris da Dóris
– carótida falange
de vampe estoco

oh clitóris da Dóris
– efígie de pica
de borco mordo

oh clitóris da Dóris
– adaga fogosa
de farra desfolho

oh clitóris da Dóris
– *Loch Ness* do amor
que possessa afogo

narguilé

omnia
pentelhos
amonia

anima sex

a autonomia
da carne

a nostalgia
da carne

a felonia
da carne

a monotonia
da carne

a litania
da carne

a dicotomia
da carne

a ambrosia
da carne

quando a carne fode
o espírito acode

o cu

cu vulva detrás
cu súcubo assaz

    cu bate saco
    cu bate estaca

cu que se peida
cu que se apieda

    cu bundalelê
    cu metáfora dele

cu afligio de dor
cu elixir do amor

    cu dá na moita
    cu boitatá

cu Sodoma e Gomorra
cu redoma de porra

    cu colméia
    cu mocréia

cu pegando fogo
cu pegando perobo

cu da mãe
cu da manha

      cu selim de merda
      cu *pepper-mint*

cu nem me tente
cu ginete galante

      cu bel vício
      cu bel cilício

paladar

a síncope do beijo
– procela da alma

o hálito da carne
– saibro de saliva

o sopro das axilas
– maresia de milos

o gasoso do gozo
– sororoca do corpo

o arpejo das coxas
– alísio de narinas

a tepidez do clitóris
ventoinha da língua

aqueles

torsos nus
   bocas peidonas
    – sustos

duros pênis
   bocas tisanas
    – abusos

rubros beijos
   bocas salobras
    – urros

fundos cus
   bocas pidonas
    – puns

o desejo e o que seja

amar é putear

trompe l'oeil

pau duro é
do suicida

pau duro é
exibicionista

pau duro é
do trapista

pau duro é
transformista

pau duro é
do onanista

pau duro é
voyeurista

pau duro é
do priapista

espada fita é
hermafrodita

délicatesse

sorver todos os teus interstícios
– o que couber!

sorver todos os teus interstícios
– ah!ah!ahhh... abismos!

sorver todos os teus interstícios
– ah! mor saciez!

sorver todos os teus interstícios
– oh! dor ubíqua!

sorver todos os teus interstícios
– *quel beau couvert!*

amor a pé

pé ante pé
pés de pé
pés descalços
pés quebranto
pés a jusante
pé no pé
pés ao léu
pés *arc-en-ciel*
pé treliça
pés cubistas
pés sem perder o pé
pés enfeites
pés marotos
pés confeitos
pés maremoto
pés calcanhares
pés insolúveis e insondáveis
pés beijares
pés aos pés
pés de per si
pés pênis
pés que dão no pé
pé armadilha
pé redondilha
pé com pé
pés jasmim
pés nemim

pés sem pé nem cabeça

no colo
– tua buceta –
a cabeça atolo

alvíssaras

entretela
de aranhas
      – línguas

entretela
de aranhas
      – dedos

entretela
de aranhas
      – mordidas

entretela
de aranhas
      – peidos

entretela
de aranhas
      – salivas

entretela
de aranhas
      – uivos

entretela
de aranhas
      – galadas

o gesto e a gesta

o buço ruço
de Sharon Stone

ninguém cruzará
(*never more*)

as pernas angorá
(memo mor)

a buça ruça
de Sharon Stone

clitóris de celuloide

amor-*bandaid*

coxas álgidas
beijo ácido
pegadas pátina
olhar átimo
caralho fátuo

hálito a ter
ventre a dever
seios a ver
desejo a soer
buceta cadáver

tolo Sísifo

a mulher e seus fogos de afago
o homem e seu pássaro falaz

a mulher e seus gargalos letais
o homem e seus solitários ais

a mulher e seus mil orgasmos
o homem e seu unívoco ocaso

a mulher e seus líquidos infinitos
o homem e seu fatídico fastio

a mulher toda em si
o homem tolo Sísifo

xibius

xibiu
azo
safo
   azougue

xibiu
roxo
bruxo
   ouropel

xibiu
ocre
ogro
   lacre

xibiu
vau
nau
   sal

xibiu
húmus
sumo
   espuma

xibiu
tamis
pênis
   cisma

o náufrago

ah este corpo-humor
sempre tão aquoso

ah este cio-cilício
sempre tão artífice

ah estes lábios-cálice
sempre tão carnaválios

ah esta hileia-ígnea
sempre tão carnívora

ah estes risos-gêmeos
sempre tão gemidos

ah este túnel-úbere
sempre tão netuno

ah este corpo-horto
sempre tão porto

bocas

a que – caluda –
entumesce de gula

a que – em *Morse* –
peida *ex-abrupto*

a que – cataduda –
fode! Me fode! Me fode
seu filho-da-puta!

a língua do pé

língua de virgem
língua de galinha

língua de sogra
língua de cobra

língua de gueixa
língua de peixe

língua de viúva
língua de saúva

língua de amante
língua de palmo

língua de velho
língua de vaca

língua de puta
língua de sapo

língua de morto
língua de gato

– mineteiros
a mancheias

mesmice

bucetas *mis*
– a mesma

caralhos *mis*
– o mesmo

mimese

pelas coxas
– procelas

pelos pelos lambuzo
– *infante con hambre*

por elas à pica alço
– *arfante con sed*

pelo cheiro empureço
– *navegante fake*

pela língua desmilingui
– *deseante feliz*

pelas coxas
– procelas

a perigo

pudico púbis
dentada à dentada

o falo aríete
se enfia à socapa

vagina ígnea
a mor síncope

ordem de cima

me penetra – sem pressa...
morde a glande, *drag*!

cunnilingus – benzinho...
me fode, bode velho!

dáctilos – sátiro...
boquete, vagueta!

sessenta e nove – *my love*...
chupa o escroto, perobo!

me sodomiza – rapariga...
põe no meu cu, dragão!

fora de cena

a porra sobe
à estrofe do poeta

a hipocrisia rói
a ousadia do poeta

o silêncio impõe
o interdito do poeta

a ira sucumbe
à lírica do poeta

o desejo empurece
o verso do poeta

AS MULHERES GOZAM PELO OUVIDO

*Quando utilizo uma palavra, ela significa
aquilo que eu quero que ela signifique.
Nada mais, nada menos.*
Lewis Carrol

As mulheres gozam pelo ouvido.
Marquês de Sade

Canto o amor e as putarias.
Bocage

*Para Glauco Mattoso
e Douglas Diegues*

a mulher que só goza

a mulher que só goza
                     – na boca

a mulher que só goza
                     – nas axilas

a mulher que só goza
                     – nas coxas

a mulher que só goza
                     – na virilha

a mulher que só goza
                     – no tapa

a mulher que só goza
                     – na orelha

a mulher que só goza
                     – no cangote

a mulher que só goza
                     – nos pés

a mulher que só goza
                     – no bufante

a mulher que só goza
                – nos peitos

a mulher que só goza
                – no botão

a mulher que só goza
                – no beijo

a mulher que só goza
                – no palavrão

    mulher gozosa
    a que se souber

mirada fuerte

hay que mirar (fuerte) la concha
hay que chupetearla

hay que mirar (fuerte) los huevos
hay que chupetearlos

hay que mirar (fuerte) el carajo
hay que chupetearlo

hay que mirar (fuerte) el culo
hay que chupertearlo

hay que chupetear
los ojos de todos

receita de minete

ingredientes

juntam-se quatro bucetas
(de preferência masturbadas,
ou seja, úmidas e túmidas)
e os seus respectivos grelos
(eretos) separados por matiz
roxo rubro rosa furta-cor

maneiras de fazer

dos xibius (um a um) descabelam-se
os pentelhos (encaracolados lisos
castanhos ruivos louros negros)
abram-se bem delicadamente
os grandes e pequenos lábios
usando os próprios dadivosos e ávidos
para a gloriosa nudez da greta-garbo
feito isso adiciona-se a saliva ígnea
de sua perscrutante língua
cujos voleios ininterruptos em trevo
devem temperar (vorazmente) o conjunto

como servir

untam-se (por sua vez) os pinguelos
com mel nata geleia água de coco
ou chocolate em calda (a gosto)

antes porém regam-se as oito coxas
(de per si) com leves lambidas e mordidas
enquanto dedos escoteiros socam
as pobres buças e fiofós órfãos de piroca

degustação

refogado o nariz com as lufadas
agridoces das quatro ciosas irmãs
a sua língua passará ao principal
alternando estocadas e roçadas
sucções e abluções rascantes
entre aqueles flavos unicórnios
e as urnas da vida escorrida
(sorvendo-lhes o soberbo sumo carnal)
até deixá-los frementes em fogo lento
uivos apelos gritos palavrões gemidos
mares de regozijo e volúpia extremos

rendimento

para melhor ter-se orgasmo e ejacular-se
simultaneamente as bocas e mãos alusivas
às pudendas em decúbito ocupar-se-ão em

1) enfiar bombeando o polegar no seu cu
2) morder sadicamente mamilos e nádegas
3) mastigar amorosamente os seus bagos
4) lustrar e engolir o seu pau até o cabo
5) arranhar as costas com unhas e dentes

na ejaculação a hóstia deve ser represada
por sobre a cabeça do caralho
para que o nobre ato da libação
seja coletivo fraterno solidário

grau de dificuldade

a nenhum dos convivas é dado
o direito de arrotar tédio e fastio
(toda porra é sagrada e saudável)

freguês de caderno

sovaco cá
sovaco lá

chumaço ácido
à língua caço

sovaco lá
sovaco cá

lago cavo
à língua enxáguo

sovaco cá
sovaco lá

imberbe túnel
à língua lambuzo

sovaco lá
sovaco cá

arco farto
à língua míngua

sovaco cá
sovaco lá

maresia do amor
à língua de cor

cine privé

oh yeah! yeah!
I'm coming!
I'm coming!
ó yeah! yeah!

chupa minha buceta
chupa meu cu
esporreia na minha teta

oh yeah! yeah!
I'm coming!
I'm coming!
oh yeah! yeah!

fodo tua bucetinha
fodo teu cuzinho
esporreio na tua boquinha

oh yeah! yeah!
I'm coming!
I'm coming!
oh yeah! yeah!

Mike, ilumina a língua!
Steve, zoom na porra!
Back, corta pro gozo!

manjar

boca azeda
rabo azedo
buça azeda
coxa azeda
pés azedos
axila azeda
peido azedo

manceba
de a-a-zê
azedinha

foda.com

```
            @
           @@@
            @
            @
            @
           @@
           @@@
          @@@@
         @@@@@
        @@@@@@@
       @@@@@@@@
      @@@@@@@@@@
     @@@@@@@@@@@@
      @@@@@@@@@@
       @@@@@@@@
        @@@@@@@
         @@@@@@
          @@@@
          @@@@
           @@@
           @@
            @
            @
            @

            @
            @

           @@@
           @@@
           @@@
```

seios a passeio

seios
há que mordê-los
seios
velo de pentelhos
seios
rodeio de sessos
seios
seixo de grelos

seios dossel
seios corcel
seios donzel
seios bordel

seios
há que babujá-los
seios
quebra-mar de beijos
seios
afogo da glande
seios
vasilhame de porra

seios-seios-seios
cheios de freios
seios-seios-seios
cheios de cheiros
seios-seios-seios
cheios de anseios

púlpito de buceteiro
orvalho do caralho

não briga comigo

vou te torturar feito cachorro
vou te esguartejar entre coxas

    não briga comigo
    deixe ver-se olhinho
    de desenho animado

    não briga comigo
    haure destas carnes
    que se aviam líquidas

    não briga comigo
    gozosos nazos e lábios
    bentos urina e pentelhos

    não briga comigo
    cuspa na buceta boca
    peitos orelha e nuca

    não briga comigo
    açule o grelo até feri-lo
    sugue o sebinho anis

    não briga comigo
    dedos arcabus o cu
    peidando pra dentro

    não briga comigo
    enxágua-te vampiro
    faminto vou te capar

    não briga comigo
    mineteiro de uma figa
    os dentes crave cálido
    não briga comigo

quero parir na tua garganta
todo o meu jorro sempiterno

Madame Pompoir

boquete de buceta

escola de sereias

Roberta Close
doces pregas
crica suíça

Elizabeth Taylor
pentelhos sépia
beijo convexo

Rita Cadilac
cálido calipígio
língua alpiste

Marilyn Monroe
coxas suntuosas
foda póstuma

Luíza Ambiel
velcro ínvio
ilhargas de gel

Luma de Oliveira
frouxéis russos
vulva à coleira

Esther Williams
siririca vítrea
cinema-placenta

comensal (I)

xibius
mil *volts*
pirilampos

buquê
de bagos
sommelier

oracle
ajoelhou tem
que obrar

peitinhos
mouth size
arritmia

centrífugo
cunnilingus
vertigem

boca livre
fucking lips
teje preso

bucetas
de borboleta
quel rigueur

de Eros
Afrodite
couvert

a whore
my Kingdom
for a whore!

toda
cona é
home

cuisses
en garde
clinch

ambidestro

meu dedão
pé de atleta

meu dedão
pé de sabão

meu dedão
pé de xereca

meu dedão
pé de culhão

meu dedão
pé de cunete

meu dedão
pé de vinhão

meu dedão
pé de picolé

meu dedão
pé de afeto

dedão do pé
Eros à vera

Vertigo

tetas tetas
(fora de cena)
suspensas
(pênis pênsil)

apneia

racha que agacha

coxas água na boca
liteiras de leiteria

queijo entre dedos
cu deus nos acuda

siriricas de símio
glosa pros olhos

gesta da perereca

a língua do pê

há que ter língua católica
para ajoelhar salivando a hóstia

há que ter língua acesa
para separar as cerdas da merda

há que ter língua de boi
para sorver o olho da roseta preta

há que ter língua aglutinante
para provocar cócegas no bufante

há que ter língua vampira
para saborear o chico feito absinto

há que ter língua palmo e meio
para chafurdar nos pelos escoteiros

há que ter língua viperina
para encapelar a penugem uterina

há que ter língua de fogo
para estorricar as pregas do lordo

há que ter língua fominha
para encher de mimos o seu figo

há que se aprender a língua do pê
pe-pv-po-pé-pc-pu-pn-pe-pt-pe-p!

foderépoderépoderfoderéfoder
poderéfoderpoderfoderépoder
éfoderpoderépoderfoderéfoder
poderfoderépoderépoderfoder
époderfoderpoderfoderépoder
foderpoderépoderfoderharémé

pau pra toda obra

pau treliça
pau barbudo
pau linguiça
pau de fumo

pica temática

pau 8mm
pau 16mm
pau 35mm
pau 70mm

pica cinemática

pau goivo
pau massa
pau grosso
pau de mesa

pica cenográfica

pau bebum
pau de cena
pau baticum
pau-de-sebo

pica perfomática

pau réptil
pau cisne
pau dáctil
pau a pino

pica gráfica

paus, pra que te quero!

a quatro lábios

a quatro lábios – arca cantárida
a quatro lábios – narina acídula
a quatro lábios – clitóris fetiche
a quatro lábios – beijos sobejos
a quatro lábios – xota compota

dedólatra

dedos à mão
dedos à unha
dedo manchão

dedos afeitos
dedos fiteiros
dedos arteiros

dedos toque
dedos torque
dedo confeito

dedos úmidos
dedos túmidos
dedos dildos

dedos tolete
dedos soquete
dedo coiteiro

dedos de roçar
dedos de atolar
dedos de gozar

dedos quedos
dedos efebos
dedo fodengo

vai da valsa

hermosos
harmônicos
hormônios

harmônicas

altar

santa de casa
Deus seja louvado!

siririca de casa
Deus seja louvado!

perobo de casa
Deus seja louvado!

fanchona de casa
Deus seja louvado!

suruba de casa
Deus seja louvado!

corno de casa
Deus seja louvado!

Capitu de casa
Deus seja louvado!

punheta de casa
Deus seja louvado!

papa-anjo de casa
Deus seja louvado!

Sagrada Família
a boca na botija

musa hermafrodita

beber a musa hermafrodita
(Back com a boca na toca)
a relva do rego suarento
(Back com o nariz na frincha)
os peidos feito confeitos
(Back com o palato na terrina)
a babosa babugem da buça
(Back com a *tête* nas tetas)
sweet mênstruo do *big* cisco
(Back com os bagos lustrados)
a licorosa geleia da brachola
(Back com a jeba na goela)
a cinza pícara do ceguinho
(Back com a obra em dobro)
embeber-se na tira hermafrodita

ambrosia

chuva de rola
chuva de clits
chuva de cona

poíesis

mínimas do sultão

para o sultão
toda bisca é isca

para ser sultão
há que ser glutão

para o sultão
toda súplica é súdita

para ser sultão
há que ter ciúme não

para o sultão
todo vacilo é só aquilo

para ser sultão
há que ter amada não

para o sultão
todo psiu psiu é piço

para ser sultão
há que saber solidão

gozatório

gozo goal
gozo hiena
gozo *gosho*
gozo *morse*
gozo sirene
gozo ganido
gozo Tarzan
gozo uivado
gozo aleluia
gozo benção
gozo ridente
gozo relincho
gozo armação
gozo na moita
gozo Krakatoa
gozo gargarejo
gozo *draw first*
gozo Ave César
gozo cabritinho
gozo mediúnico
gozo *ex-abrupto*
gozo radiofônico
gozo três em um
gozo Yma Sumac
gozo galo garnizé
gozo forno à lenha
gozo *hasta la vista*
gozo *tender coming*
gozo pega pra capar
gozo grito de carnaval
gozo *adiós pampa mia*

empirismo

entre cu e buceta
mingua a distância
: decreto da língua

nectário

sabor sal
sabor salmão
sabor alfazema
sabor framboeza
sabor *sweet anus*
sabor *beef tartar*
sabor defumado
sabor polegar
sabor álacre
sabor eito
saboreio

cinco homens (honrados) batem punheta

empunhe (o seu) à boca
– de com força
mindinho no cu (é claro)

são vinte e cinco dedos
vertiginosamente acesos

enganche (o dele) na boca
– de com força
seu vizinho no cu (por favor)

prepúcio cuspido é propício
fado de famélicos faunos

empunhe (um a um) à boca
– de com força
fura-bolo no cu (com tudo)

à direita o talo durango kid
de esguelha olhar xis nove

enganche (às cegas) na boca
– de com força
pai-de-todos no cu (rotativo)

bate-estacas glande zás-trás
as hirsutas carnes do caralho

empunhe (todas) à boca
– de com força
polegar no cu (*overdose*)

boquete da (opípara) porra
só a quem merecer a honra

menino levado

afundo no vau
dos teus peitos

pau duro
arremeto

ejaculo
direto

priapo
preito

comensal (II)

coaxar
de coxas
hard core

mulher
destroyer
buça-escaler

agasalhar-se
croquette
catarse

webcam
webhands
webcoming!

cu pegando
fogo
roto-rooter

le sein
du matin
salobro

a foda é
cambota
it makes sense

vai! vai! vai!
suck, suck!
aaaaiiii...

coxões sujos
sebo de greta
douce cochonne

naja assídua
holly hole
pica-trisca

queria ser

ah! queria ser
anão pra lambuzar
as coxas demão

ah! queria ser
destro pra punhetear
o picolé como vier

ah! queria ser
roçadeira pra chuchar
o grelo de esguelha

ah! queria ser
gulosa pra saborear
a gala na goela

ah! queria ser
avantajado pra atochar
o cu até o nabo

ah! queria ser
corcunda pra esporrear
de borco a bunda

ah! queria ser
cão pra enganchar
a lasca de arpão

ah! queria
tanto ser!

banho de cachoeira

boca cachopa
concha-ponche

só Eros sói ser

Eros é caudal
Eros é destro
Eros é canibal
Eros é ginasta
Eros é pontual
Eros é caricato
Eros é picego

tertúlia

ai que vontade me dá,
sorrateiro, feito um crocodilo de sombra
e silêncio, rastejar até os teus pés,
ouvindo-te a voz que de tão doce e
matreira ficar refém do meu pau puro
como aço lambendo artelhos entre unhas
e olentes, depois a planta infanta, o que
te provoca certo *frisson* nas aliterações,
subindo aos teus altares de espetada penugem,
chegar às majestosas coxas
(supina manjedoura)
totalmente cego aos próprios olhos,
trespassar o rabo da saia, com meneios
e negaceios, um nódulo pródigo de
esfaimado Eros; ato contínuo, deliciar-te, enxaguando
cada milímetro a pele trêmula de saliva
que respinga pelas ventas, pelos lábios,
pelo queixo, escorre no peito até o caralho,
vontade me dá de ficar eterno
aninhado no escaninho do que está por vir
mas há que se atingir a floresta *gris*
já então *vis-à-vis* devassa sob a calcinha
de soslaio umedecida pelo prazer de tocar
versos e verbos que já me sabem ali, arvorado, arvoredo,
azado e atazanado com a periquita prometida
envolta em vapores quentes mui sumarentos;
por dentro, por entre, a dentes adentro, afasto
o obstáculo com a nobre língua ensandecida

deste pobre ouvinte ensurdecido pelo chacoalhar
de águas caudalosas da buceta em polvorosa
que se entreouvem às portas da *cave* pilórica
e pictórica, rosa-carmínea,
ígnea e sestrosa;
nada, porém, me deterá já que aqui aportei
depois de uma escalada monumental,
assesto-me lépido no grelo soberbo da poeta
e dali não saio dali nenhuma rima me tira;
piruetas tais quais um caubói, o que
me resta a lavrar quedo senão,
degustando estrofes opíparas vindas pelas tripas
da musa para refugiar-se na minha cimitarra
de nervos apopléticos, na garganta troncha
de liquidez, nos tímpanos entre as tuas níveas
pernas que só cedem a cada torneio
que empreendo com os dedos
(carinhosamente, ora direis!)
ao teu cuzinho pidão,
a sobremesa que nos aguarda incólume,
implorando piedosas sucções e emitindo
uns translúcidos, porém, ínclitos, peidinhos;
e assim ficamos os dois, hera e hetera,
afogados e afogueados até
o último verso ecoar, prometendo
que himeneu tal qual
sempre se dará a cada novo
poema teu

síndrome do afogado

        atar-se
        arfar-se
        fartar-se
        marear-se
        engasgar-se
        amamentar-se
        embebedar-se
        abandonar-se
        lambuzar-se
        lancetar-se
        alagar-se
        babar-se
        azar-se

bucetas ao mar

cabeludas

pentelhos crucifixo de Cristo
pentelhos bosques de Viena
pentelhos Cabo da Tormenta
pentelhos madeixas-ouropel
pentelhos arrasa quarteirão
pentelhos delta do Mekong
pentelhos barbicha hirsuta
pentelhos areia escaldante
pentelhos Carmen Miranda
pentelhos raso da Catarina
pentelhos roçado abrasivo
pentelhos abre-te Sésamo
pentelhos galho de arruda
pentelhos coração ingrato
pentelhos massa cinzenta
pentelhos jardim do Éden
pentelhos gato escaldado
pentelhos grimpas ao léu
pentelhos pata da gazela
pentelhos campo minado
pentelhos flores de cetim
pentelhos Cláudia Ohana
pentelhos mata atlântica
pentelhos brasa dormida
pentelhos Groucho Marx
pentelhos Capela Sistina
pentelhos Terra do Fogo
pentelhos algodão-doce

pentelhos *Schwarzwald*
pentelhos erva daninha
pentelhos véu de noiva
pentelhos palha de aço
pentelhos lana caprina
pentelhos *headphones*
pentelhos translúcidos
pentelhos cor-de-rosa
pentelhos calota polar
pentelhos centrífugos
pentelhos *blue velvet*
pentelhos uni duni tê
pentelhos ponto cego
pentelhos cruz-credo
pentelhos lobisomem
pentelhos iscas vivas
pentelhos *medialuna*
pentelhos folha-seca
pentelhos serpentina
pentelhos *rain forest*
pentelhos maré vaza
pentelhos anêmonas
pentelhos *arabesque*
pentelhos pára-raios
pentelhos montículo
pentelhos carapinha
pentelhos centopeia
pentelhos rupestres
pentelhos violáceos
pentelhos holísticos
pentelhos cânhamo
pentelhos Rasputin
pentelhos *pincenez*
pentelhos rapunzel

pentelhos onívoros
pentelhos penacho
pentelhos oblíquos
pentelhos capinzal
pentelhos trapiche
pentelhos *shemale*
pentelhos terra-ar
pentelhos vesúvio
pentelhos incenso
pentelhos fuligem
pentelhos amônia
pentelhos caracol
pentelhos *chanel*
pentelhos peúga
pentelhos diacuí
pentelhos acres
pentelhos anaïs
pentelhos *punk*
pentelhos ocos
pentelhos ovni
pentelhos cós
pentelhos cãs
pentelhos só
pentelhos ó

ex-famélico ex-sedento
ex-náufrago ex-suicida
papila hígida de vossas
cabeludas ex-abruptas

ablução do grelo

tantos vorazes ofícios
bocas e salivas assaz

tanta porra que jorre
sacia vícios e ardores

tantos orifícios há pra
aplacar dedos e dildos

tanta ablução do grelo
o caralho é prisioneiro

o freguês sempre tem razão

salta uma buça mal passada!
salta uma buceta no ponto!
salta uma buça bem passada!
salta uma buceta sangrando!

carne humana é comanda

bucetaria

pau de metro
pinguel de mel
velcro cabaço
rosca a granel

Eros *omnibus*

nas asas do marzapo

cheiro de cona flauta de Hamelin
ventas ardentas vapores písceos
lábios se benzem em coxas afins

voai bucetário de todas as bardas
para a minha boca afoguem-se
na gárgula da garganta náufraga

voai bucetário de todas as bardas
para o meu marzapo apinhem-se
à dadivosa glande da porra farta

cheiro de cona flauta de Hamelin
de quatro o bardo obra de prima
salamaleque de pentelho carmim

eu quero é rosetar

Eros ar
Eros ara
Eros sara

beijo negro

abarque
as carnuras
arrimo seguro

arregace
as matacas
nariz-chafariz

derrame
saliva às cegas
língua-torvelinho

encaixe
o queixo na renga
dentes-trapiche

atraque
a boca no lordo
flatos-fátuos

desfrute
do perfume-loló
ventas cinabres

assanhe
o grilo-labirinto
dédalos dedos

secrete
o tarugo a toda
suco d'alma

escarre
de cabo a rabo
mandrake

atoche
a trolha sem dó
porta-porra

núpcias

se te imploro liquescer
o céu da minha boca
se respondes com ícaros
minipeidos no queixo

– s*alerosa* és
ah empoada mulher
– genuflexa estás
eia pequinês audaz

soufflé de cerdas *à dorée*
beijos tisnados de merda
do amor és repasto-mor

caralhos me mordam

digbigdickbitebigdickdigdick
bigbitedickdigdickbitebigdick
digbitedigbitedigbitedigbigdick

ode à siririca

espelho espelho meu
tem pinguel mais fálico
do que o meu

espelho espelho meu
tem língua mais hábil
do que a minha

espelho espelho meu
tem hálito mais ígneo
do que o meu

espelho espelho meu
tem greta mais catita
do que a minha

espelho espelho meu
tem dátilo mais *flash*
do que o meu

espelho espelho meu
tem fiote mais fominha
do que o meu

espelho espelho meu
tem boca mais à solta
do que a minha

espelho espelho meu
tem tesão mais à mão
do que o meu

espelho espelho meu
tem gozo mais orfeônico
do que o meu

espelho espelho meu
tem porra mais licorosa
do que a minha

espelho, espelho meu
tem amor mais próprio
do que o meu

haiku

fio-terra
grelo
aríete

fio-terra
dátilos
bacantes

fio-terra
súcubo
suculento

acrobata

pelos entre dentes
beijos de envieso
mordida aracnídea
lábios de japonesa

comensal (III)

on the road
xana a cântaros
lordo à mão

ver seu rabo
berdache
pau tumesce

in love
gangorra
meianove

derrière
de quatro
ralo azo

pregas altas
gruta ursa
knock out

pomper
da glande
escalpelo

fist & lust
dreaming
of horses

lábios *flute*
enfie o *doigt*
e puxe!

de como ouvir um poema

estire-se nua inteira, em decúbito dorsal
(as pernas entreabertas)
aninha-se o poeta nu em decúbito ventral
(sobre as suas ditas cujas)
com os dedos ledos obre os grandes lábios
(assanhando o clitóris)
com a voz ereta dedica-se o poeta à leitura
(os dedos nos beiços da sua buça)
a retoques velozes dê-se ao vício da siririca
(edulcorando-o com ais e que tais)
a golpes da mão destra o poeta bate punheta
(deixando rijas língua e pica)
a cada estrofe solte supinos e ascéticos traques
(como aprovação estética)
entre estrofes o poeta busca fôlego nos pentelhos
(bebendo a gala do seu grelo)
cabe a você oferecer a sua rosquinha em regozijo
(rego bento de suor e olor)
ao poeta cabe penetrar a palavra nela com alarde
(uma estrofe cavalgando a próxima)
enfim terá o poema dentro das carnes famélicas
(à espera da chave de ouro)
o poeta a fim chega à melopeia da vulva musa
(desmanchando porra e poema)
como sorver a derradeira saliva do verbo dele
(ambos exigindo rima rica)
mitigar como o desejo do poeta fauno
(às bucetas do mundo)

O AUTOR

SYLVIO BACK, cineasta, poeta, roteirista e escritor. Filho de imigrantes húngaro e alemã, é natural de Blumenau (SC). Ex-jornalista e crítico de cinema, autodidata, inicia-se na direção cinematográfica em 1962, tendo realizado e produzido até hoje trinta e oito filmes – curtas, médias e doze longas-metragens: "Lance Maior" (1968), "A Guerra dos Pelados" (1971), "Aleluia, Gretchen" (1976), "Revolução de 30" (1980), "República Guarani" (1982), "Guerra do Brasil" (1987), "Rádio Auriverde" (1991), "Yndio do Brasil" (1995), "Cruz e Sousa – O Poeta do Desterro" (1999); "*Lost Zweig*" (2003); "O Contestado – Restos Mortais" (2010); e "O Universo Graciliano" (2013).

Publicou vinte e um livros (poesia, contos, ensaios) e os argumentos/roteiros dos filmes, "Lance Maior", "Aleluia, Gretchen", "República Guarani", "Sete Quedas", "Vida e Sangue de Polaco", "O Auto-Retrato de Bakun", "Guerra do Brasil", "Rádio Auriverde", "Yndio do Brasil", "Zweig: A Morte em Cena", "Cruz e Sousa – O Poeta do Desterro" (tetralíngue), "*Lost Zweig*" (bilíngue) e "A Guerra dos Pelados".

Obra poética: *O Caderno Erótico de Sylvio Back*" (Tipografia do Fundo de Ouro Preto, MG, 1986); *Moedas de Luz* (Max Limonad, SP, 1988); *A Vinha do Desejo* (Geração Editorial, SP, 1994); *Yndio do Brasil* (Poemas de Filme) (Nonada, MG, 1995), *boudoir* (7Letras, RJ, 1999), *Eurus* (7Letras, RJ, 2004), *Traduzir é poetar às avessas* (Langston Hughes traduzido) (Memorial da América Latina, SP, 2005), *Eurus* bilíngue (português-inglês) (Ibis Libris, RJ, 2006); kinopoems (@-book) (Cronópios Pocket Books, SP, 2006) e *As mulheres gozam pelo ouvido* (Demônio Negro, SP, 2007).

Com 76 láureas nacionais e internacionais, Back é um dos mais premiados cineastas do Brasil. Sua obra poética, em especial, os livros de extrato erótico, coleciona vasta fortuna crítica.

Concedida pelo Ministério das Relações Exteriores, em 2011, recebe a insígnia de Oficial da Ordem do Rio Branco, pelo conjunto de sua obra cinematográfica e de roteirista.

Em 2012, Back é eleito para o PEN Clube, tornando-se o primeiro cineasta brasileiro a integrar o prestigioso organismo internacional.